句集

遠き日

志摩陽子

文學の森

『遠き日』に寄せて

志摩陽子さんの句の特徴は、大自然の雰囲気が実感的に迫ってくるとともに、そこに生きているという感覚が強く生まれることである。

もともと、志摩さんは写実の力に優れている。一見、感情を加えていない平面描写のように見える次のような句も、大自然の確かな実在感を感じさせる強さがある。

料峭や焚きつけ燻る蜑の小屋

浜木綿に北限の地の波飛沫

足許に山影迫る花野かな

志摩さんは単純に辺りの景色を眺めることはしていない。焚きつけの燻るところや、浜木綿への波飛沫や、足許の山影を取り出して示しているのであり、それによって実感的な自然の確かな存在が生じている。
しかし、こうした描写の句は、志摩さんの句の主流を占めるものではない。志摩さんはもっと実感的に存在感を生じさせる表現力を持っている。見たままの写生句のようでありながら、志摩さん独自の把握の仕方があり、それが実景をさらに印象深くしているのだ。

海鳴りに玻璃のふるへる寒の入

風さへも肌に張りつく溽暑かな

参道を風のころがる寒の入

虫の夜のかすかに闇の震へけり

草々に風の流るる白露かな

「海鳴り」に取り合わせるものとして「寒の入」は特別のことではない。しかし、そこに「玻璃のふるへる」さまを示すのは非凡である。玻璃は海鳴りに呼応して震えるだけではなく、寒の入の冷たい空気にも震えていることを感じさせ、そこに寒の入の空気の張り詰めた緊迫感を生じさせている。

溽暑の句も、その蒸し暑さを述べるだけでは平凡である。しかし、涼しさを呼ぶはずの風すら肌に張りつくという表現によって、いかにもべとべとした蒸し暑さを実感させる。

参道の寒の入を風のころがると捉え、虫の夜を闇の震えと捉え、白露の草に風が流れると捉えるのも、情景を実感させるだけでなく、そこに動きのある生きた大自然を生じさせているのである。

こうした把握の仕方に、志摩さんはさらに主観を加え、いっそう自分の受け取り方を強く示すことも行っている。

揺るるたび雨滴をしぼる糸桜

顔出してはちきれさうな初日かな
元朝の日を乗せ波が波を呼ぶ
津波来し湾にうつろな春の月
ゆつたりと息づく地球春の波

こうした表現法をとると、大自然に意志を見出すことになり、そのため、こちら側の自分と、相手の大自然とに心の通い合いが生まれてくる。糸桜が雨滴を落とすのは普通のことだが、それを糸桜がしぼると受け取ることにより、糸桜の意志がこちらに伝わったような感触を味わえるのだ。それによって傍観者的に糸桜を見るのではなく、糸桜と自分が一体化したような親しみが生じる。

初日を「はちきれさうな」というのも、波が日を乗せて波を呼ぶというのも、春の月を「うつろ」というのも、地球の波がゆったりと息づくというのもすべて、対象と自分との距離がなくなるような大自然との同化が感じられるのである。

このように自己と自然を同化させると、自然に内在している見えない言葉も感じ取れるようになる。

蓑虫のさみしさみしと糸伸ばし
ゆく末をどうのかうのと蝌蚪群るる
心情を抑へきれずに囀れり
遠嶺をなつかしさうに冷し馬
老木の吐息かほのと帰り花

蓑虫の持つ淋しいという感情も、蝌蚪の行く末への不安定さも、その他もすべて、自然から明示されたものではない。しかし、志摩さんは感じ取っているのだ。しかも、この感じ取り方から対象のリアリティある姿が浮かび上がる。蝌蚪の群れ方はまさしく行く末の不安からの取り乱しのように見えるし、心情を抑えきれない囀りとは鳴き続ける鳥の声の様子そのものである。

こうした大自然の中に私たち人間がいる。したがって私たちも自然の語りかけを素直に的確に読み取れれば自然と融和した存在になれるのだ。

やはらかき雨に癒やさる春の風邪
草箒吊す曲屋あたたかし
いつせいに絵馬の音立つ寒さかな

春の雨を「やはらかき」と受け取り、その雨に風邪を治してもらったと感じるのは、自然の働きかけを自分なりに納得いくよう受け止めているからだ。つまり、自然と一体化した自分という存在なのだ。曲屋から温かみを感じるのも、絵馬の音から寒さを感じるのも、自然の語りかけを肉体で受け止めているのである。

志摩さんにとっては、人間とは、すなわち自分とは、自然と一体化した存在なのである。したがって、自然の雰囲気の中にいるとき、自己本来のまったく飾らない姿となり、それが自分のいちばん好ましい姿でもある。

子のギター爪弾いてみる春の昼
梅探しあぐねて海を見てゐたり
恵方なる林抜ければ海展け
白日傘上げて渡しを呼びにけり

誰に聞かせるためでもなく、うまく弾く必要もなく、子のギターをいじっているというのは、まさしく春昼の倦怠の中にいる自分のいちばんそれらしい姿なのである。

梅を探しあぐねた虚脱感から見ている海は、梅以上に自分の心を癒やしてくれるであろうし、恵方なる林を抜けての海は希望を感じさせる。渡しを呼ぶ白日傘はそれ自体が自然の一景物なのである。

志摩さんの句の数々はこのように自然の中に自己をゆったりと置くことの出来る幸せ感を与えてくれるのだが、志摩さんの句の特色はこればかりではない。言葉に敏感に反応し、さまざまに操って見せるところから、ユーモアも生じるし、鋭い指摘も生じる。

ユーモアとしてはこんな句がある。

負けん気の一筋縄でいかぬ独楽
葛の葉の表返さず暮れにけり

一筋縄でいかないという言葉は普通にあるが、それを独楽に持ってくると面白くなる。独楽は一筋の縄（紐）で回すものだからである。独楽が一筋の縄でうまく回らないからといって、二筋使うわけにもいかないだろう。一筋縄でいかないという言葉の面白い使い方だ。

葛の葉の句にしても、裏返すという言葉を逆に使っている。裏返すという言葉はあるが表返すという言葉はない。しかし、葛は裏見といって裏をしばしば見せる植物である。ここはそういう葛が表側を見せないというのだが、それを表返さずと言っている面白さである。

潔く反古をふやせりお書初め
神前に臆面もなく鴨の鳴く

街路樹のぎこちなき影冴返る
たちまちに序列の生まれ燕の子
初恋をとんと忘れてうかれ猫

これらの句の「潔く」「臆面もなく」「ぎこちなき」「序列」「とんと」などはいずれも普通の使い方ではない。本来ならこういうところへは使えないはずの言葉である。ところがこういうように使われてみると、ユーモアが生じるだけでなく、その場の状況がリアルに浮かび上がる。言葉が変則的に使われているため、読者としてはちょっと引っかかるので、印象が強くなり、訴える力が生まれるのだ。こういう言葉の使い方は、言葉に対する敏感さがないとなかなかうまく使えない。

うすつぺらな袋にいのち物の種

これは「うすつぺら」という語を上手く使った例だ。普通は「うすつぺら」という語は良い意味にはならない。軽薄とか無価値に繋がる言葉だ。ところが物の種の入った袋は確かにこんなに薄いのかと思わせるほど量感がない。この「うすつぺら」という否定的な言葉を使って「いのち」を導き出して来ると、所詮いのちなんてこんなものだというはかなさの感想が生まれてこよう。そしてまた逆に、この「うすつぺら」などころから生まれ出て、繁栄するいのちの凄さ、強さ、尊さ、重さも浮かんでこよう。これがふつうに、種袋は「薄い」と言っただけだったら、見たものを通り一遍に叙述しただけに終っていただろう。

このように見てくると、志摩陽子さんの句の世界は止めどなく広い。目にするままにさまざまな面白さを持つ句を挙げてみよう。

在るといふ朝のかがやき木々芽ぐむ
風のほかすがるものなし糸桜
噴水やときに激しき思慕の情
石蕗の花島の時報のよく響く
ときにため息のやうなる春の波

にはとりの胸張つてゐる菊日和
鐘の音のふるへて通る冬田道
七升入りの鉄瓶を吊る木曾夏炉
風鈴のわれに返りしごと鳴りぬ
苦戦せし子の柔道着夜濯ぐ
人はみな通り過ぎゆく秋の暮
遠き日の近づくやうなあたたかさ

志摩さんには、的確に対象を摑み取る感受性と、それを効果的に表現する言語感覚がある。これある限り、志摩さんの俳句の世界はますます広がっていくだろう。これからますます進展するであろう楽しい予感がここにある。

平成二十八年七月

大輪靖宏

句集　遠き日／目次

装丁　クリエイティブ・コンセプト

句集　遠き日

とおきひ

春日傘

平成二年〜六年

顔出してはちきれさうな初日かな

初乗りは椅子の小さな渡舟

振り袖に荒らされどほし歌留多取り

本心を語らずじまひ春の雪

啓蟄や上へ上へと千社札

葉蔭よりつぼみ膨らみ椿落つ

ゆたかなる流れを行けや落椿

大仏のうしろより出で春日傘

母の背の丸きにさしぬ春日傘

江ノ島の空を一気に燕来る

初恋をとんと忘れてうかれ猫

恋猫の向かう三軒素通りす

ゆすらの実寺のとなりに保育園

茶道具の拝見母の声涼し

ときをりの風に覚まされ薔薇香る

緑蔭に盲導犬の気を抜かず

浜風の背に涼しき薪能

もの陰より援護射撃の水鉄砲

病み抜けしこと追伸に夏落葉

沖さらに遠のくやうな暑さかな

青虫の首もたげたりあをあをと

終戦日可もなく不可もなく暮るる

雨の日をいとはず燕帰りけり

踏切のなき青空を鳥渡る

風音の止みてにはかに虫の声

葛の葉の表返さず暮れにけり

軋ませて閉ざす門露けしや

水張りし漬物桶に一葉落つ

こだはりのいつしかちぎれ鰯雲

城山の影の迫りて下り簗

足許に山影迫る花野かな
語らひのとぎれし闇に鹿の声

これ以上赤くなれぬと木守柿

雨戸繰る湿りて重き十三夜

神前に臆面もなく鵯の鳴く
三行にとどむる日記夜寒し

好き嫌ひ言へず箸取る闇汁会

闇汁の沈みゐしもの疎まるる

八ヶ嶺の裾野に迫る冬日影

入水せし女人の魂か帰り花

果実酒の色濃くなりぬ神の留守

毛皮着て手足短くなる思ひ

裸木となりてたつぷり日を浴びぬ

寒紅の封を開けずに逝きにけり

蕎麦の花

平成七年〜九年

海上によぎるものなき初日の出

船よぎるホテルの窓の初景色

参磴の半ばで去年や今年やと

潔く反古をふやせりお書初め

かほ出して引つ込みつかぬ嫁が君

反らしたるうなじの白き梯子乗

梅探しあぐねて海を見てゐたり

ここちよき小言もありぬ花はこべ

おやしろの隅にかしこみ蕗のたう

教職の多き親族梅ひらく

仲なほりしてよりもらひ春の風邪

ランドセルおろさず覗く雛の間

永き日や幼なじみの僧に会ふ

まぶしさの加はりし空鳥帰る

恐竜の骨を見てより青き踏む

子のギター爪弾いてみる春の昼

風のほかすがるものなし糸桜

木霊の思ひの丈か紅枝垂

葉桜や枷のごとくに母思ふ

青葉木菟小さき灯りの母の部屋

聖五月少女の深き片ゑくぼ

むらさきの風ふところに菖蒲守

一病を得しやさしさの白絣

香水の中にあそばせ言葉かな

露座仏のみかほを仰ぐ白日傘

噴水やときに激しき思慕の情

遠嶺をなつかしさうに冷し馬

青年の死の唐突に樫落葉

閂の軋み親しき盆帰省

激しきは男の嫉妬曼珠沙華

少年の夢は飛行士星月夜

呼ぶやうに応へるやうに鹿の声

ひとこゑも洩らさず角を伐られけり

にはとりの胸張つてゐる菊日和

ほとけにも語らぬ一事秋の暮

海光のやはらかき夕鳥渡る

検閲のありし恋文冷まじや

穂芒に箱根の空のみがかる

登りつめ色なき風の札所かな

真向ひに富士あをあをと大根蒔く

母のゐる前もうしろも蕎麦の花

谷風にはじき出さるる稲雀

住職の役は住職村芝居

曼珠沙華喪明けの紅を刷きにけり

頼りたき子に頼られて障子貼

水鳥の会ふも別るも水尾引けり

鐘の音のふるへて通る冬田道

母訪ふも仕事のひとつ年の暮

み子包むタオルの真白聖夜劇

恙無く暮し三年日記買ふ

居ごこちのよき日溜りへ冬の蝶

信号を待つ白息に加はりぬ

寒林となりて力を貯へり

樹の影を支へてゐたる霜柱

青岬

平成十年〜十三年

負けん気の一筋縄でいかぬ独楽

宮鳩の影のよこぎる弓始

海を見に来よと追伸寒見舞

建国日一天にはかにかき曇る

神宮の洩れ日を賜ひ草萌ゆる

啓蟄や地球の表面むずがゆく

気短なをとこのごとし春の雷

うすつぺらな袋にいのち物の種

ゆく末をどうのかうのと蝌蚪群るる

立板に水のごとくに囀れり

心情を抑へきれずに囀れり
飛ぶことを忘れゐるかに囀れる

降りる鳶翔つ鳶しきり芽吹山

人の和のこはれやすきやしやぼん玉

をさなごの固唾呑むほど花ふぶく

料峭や焚きつけ燻る蜑の小屋

ときにため息のやうなる春の波

筋通すことのありてか茎立てり

その中に母子手帳あり書を曝す

風鈴のわれに返りしごと鳴りぬ

茫々と風泣き渡る瓜番屋

手をあげて師の現れさうな青岬

屋久鹿のまなざし遠く涼し風

蛍の火闇の深さを計りけり

潮風に煽られどほし灸花

颯爽と渡舟を下りるサングラス

白日傘上げて渡しを呼びにけり

雨脚に手足の出せぬ子亀かな

蠅帳に分けおくおやつ麦の秋

繭買の鳥打帽子褪せにけり

弓なりに曲がる江ノ電初もみぢ

真向ひに火の島顕れて秋の潮

人の世の闇なぐさめて虫の声
人はみな通り過ぎゆく秋の暮

秋の声瀬戸の島々鎮もりて
煽る風なだめる風の花野かな

連山に雲なき朝牧閉ざす

人形の息洩れさうな十三夜

軋みたる母の揺り椅子火を恋ふる

風の日の土牢に飛ぶ木の実かな

唆すもののゐるらし稲雀

群なして怖いものなき稲雀

地球儀の中のからつぽ蚯蚓鳴く

幾筋も轍残して牧閉ざす

安房路へは船がよからう鯊日和

てのひらを返すがごとく朴落葉

心中の虫をなだめて年逝かす

海光へ突き出て崎の冬ざるる

いつせいに絵馬の音立つ寒さかな

蓼の花

平成十四年〜十九年

海岸をトロットで行く騎馬始

東京湾青しと記す初日記

スリッパを揃へ一礼寒稽古

鎌足の産井に歯朶の萌えにけり

持統陵のなぞへに満てる金鳳花

すかんぽの丈伸び伸びと瀬田堤

宿下駄の鼻緒のゆるび山笑ふ

草箒吊す曲屋あたたかし

杌手組む杣人の背へ囀れり

糸桜ひかりの筋を解きにけり

町医者の格子窓よりしゃぼん玉

次第名の幼なじみや葱坊主

木曾子馬どたんばたんと砂浴びる

嘶ける木曾馬に摘む絹糸草

七升入りの鉄瓶を吊る木曾夏炉

馬籠宿湯筒染め抜く夏暖簾

花栗の臭ひに噎ぶ古戦場

長篠に武田を名乗る日焼顔

岸壁の魚籠に被せる麦藁帽

走り梅雨湾にずらりと自衛艦

青田波押し寄す佐久の五稜郭

五稜郭の火薬庫跡にカンナ燃ゆ

苦戦せし子の柔道着夜濯ぐ

他人名義となりし父祖の地蓼の花

父の忌の部屋の隅にてちちろ鳴く

月今宵長持唄に酔ひにけり

反り橋の朱の影を引く二羽の鴨

牛繋ぎの石に信濃の霜真白

柏槙の冬日を抱く時頼忌

時頼忌椙の積まるるレストラン

投薬の一錠減りて十二月

塹壕めく雪踏み伝馬里晴るる

石蕗の花

平成二十年〜二十三年

初東風に帆柱硬き音立てり

相席の満面の笑み年新た

姑織りし夫の紬を初衣桁

蔵開き母が好みし抹茶買ふ

針起しズボンの裾を千鳥掛け

雨音に早ばや目覚む初三十日

身の箍のゆるむがごとき寒の明

簎《やす》を突く漁師の背に春きざす

街路樹のぎこちなき影冴返る

十輪ほど梅のほころぶ誕生日

やはらかき雨に癒やさる春の風邪

朝霞喇叭のひびく駐屯地

一島の膨らむほどに囀れり

篁に風の吸はるる島うらら

灘に日の流れ牡丹の崩れけり

卯波立つ湾に真向ふ美術館

鉄線花咲かせ病後の憂さ忘る

アイリスの色褒めてゆく郵便夫

青桐の被ふ窓辺に手織機

万緑の中に蕎麦碾く水車小屋

風さへも肌に張りつく溽暑かな

たをりたる芒の風をふところに

虫の夜のかすかに闇の震へけり

駅舎出で羽音激しき椋仰ぐ

こまごまと繕ふ夕べ木の実降る

稲架立ちて十戸の谷戸の砦めく

漁舟のゆりかごめける湾小春

石蕗の花島の時報のよく響く

黒々と山影迫る紙漉場

紙漉の玻璃に張りつくパルプ屑

東日本大震災に寄せて

古稀にしてかくも激しき春の地震

地震跡に早や草の芽の生えにけり

原発の安全神話春うれふ

海の青戻らぬ湾に涅槃吹く

被災地の希望となれや卒業子

放射能被るなかれやつくづくし

目借時なれど余震のつぎつぎと
東北へ思ひ重ねて春深む

復興へ希望を託す春の虹

幾多なるいのち還れや花の下

津波来し湾にうつろな春の月

津波禍をつぶさに告げや揚雲雀

あやとり

平成二十四年～二十五年

湯のたぎる音のにぎはひ初厨

元朝の日を乗せ波が波を呼ぶ

初鏡すずめの声に耳澄ます

花紋透く一筆箋を使ひ初め

参道を風のころがる寒の入

あやとりの島の子波の立たぬ日は

いくたびもメール交換日脚伸ぶ

よく人の訪ね来る日や蕗の薹

入海の波すべり来て風光る

ツーリングの青年五人風光る

かみ合はぬ里の話に蛙鳴く
亀鳴くや人のこころを読みとれず

憂きことを忘れむとして青き踏む

詩ごころの山かけ野かけ春たのし

志士たちの駆けし浦賀路山桜
貝を踏む音ざくざくとあたたかし

ふるさとの遠のくばかり別れ霜

友とゐてよぎるさみしさ花なづな

山色の落着く八十八夜かな

たちまちに序列の生まれ燕の子

ほうほうと頷きし父青葉木菟

母の日の母に倣ひて盆点前

江ノ電の家並の間に蜀葵

樹々の間に海の輝く円座かな

昔手をつなぎし友とさくらんぼ

浜木綿に北限の地の波飛沫

海の日の波ちゃぷちゃぷと舟を打つ

骨折　八句

何とまあ骨を折るとは芙美子の忌

梔子や骨折画像の白々と
骨折の痛みじんじん明易し

怪我話それはさておき心太

夕涼や身に添ひ来たる松葉杖

足枷となりしギプスや半夏生

炎ゆる日を沈めし波の呻きかな

踵の字再確認の夜の秋

ふくしまの桃の重みを掌に包む

ちちはの面影遠し盆の月

意志強く生きし母の忌実むらさき

草々に風の流るる白露かな

老いてなほことばはきはき鳳仙花

風音に父母の声聴く里の秋

釣瓶落し胸にをさめしことひとつ

啼き厭きて蛤となる雀かな

足癒えて人の恋しき秋の暮

起きあがりこぼしを突く夜長かな

老木の吐息かほのと帰り花

人知れず逝きし面影帰り花

遠き日

平成二十六年〜二十七年

元朝のひかりゆたかにペリー像

恵方なる林抜ければ海展け

初寝覚こころに期することひとつ

海鳴りに玻璃のふるへる寒の入

海嶺を越えしうねりの寒の潮

雨脚の磴に弾けて寒波来る

帰り来よ里に帰れと虎落笛

ねんねこの憎やいとしや子守唄

波を引くやうに人逝き千鳥鳴く

ゆつたりと息づく地球春の波

踏み入りし床の軋むや御開帳

長靴に並ぶ雪駄や御開帳

在るといふ朝のかがやき木々芽ぐむ

遠き日の近づくやうなあたたかさ

揺るるたび雨滴をしぼる糸桜
春の川巡りて遠き日に還る

心根のやさしさに似て草萌ゆる

春禽の降りるも翔つも光ゲ散らし

手話の手を零る日差しのあたたかし

身心の疲れをほぐす春炬燵

渦なして日差し呑みこむ雪解川

句ごころを育む八十八夜かな

あをあをといのち輝く五月来る
梔子の花に日ざしのやはらかく

新樹燃ゆ昔の夢をいまもなほ

菩提寺の刻のかけらの夏落葉

青胡桃しんがりの子の丸坊主

ばらの花散らし棘持つ風の音

緑蔭にあの師あの友ゐるやうな

夜の新樹地酒の酔を覚ましけり

望郷の思ひかき立てカンナ燃ゆ

たましひの内なる叫び曼珠沙華

今生の闇を震はせ虫すだく

夕雲にまぎれて雁の来たりけり

澄む水の流れゆたかに馬入川

一島をめぐりあぐねて穴惑ひ

蓑虫のさみしさみしと糸伸ばし

蕉翁の句に立ち返る秋灯下

拝観料はパスモでよろし秋うらら

吟行の句帳にたたむ秋の風

身ほとりに母の袱紗を炉火恋し

トロットの馬黄落の中に消ゆ

おみくじの吉と出でたる小春かな

ホットワイン老いゆく日々を愉しまん

冬ざくらいつに変らぬ友の情

時雨るるやひと日真つ赤なボレロ着て

あとがき

長い間多くの方々や出版社から「句集を」とお勧めをいただきながら、固辞していた思いがありました。病いを得てより心中に去来するのは、命ある日々をいかに過ごすか、母を哀しませてはいけないとの思いでした。病床にあって庭の椿をながめていた時、〝命が終っても成長した子達は生きてゆけるだろう〟という思いがよぎりました。折しも椿の葉の奥に蕾が膨らんで来て、花の一つが落ちたのです。

葉蔭よりつぼみ膨らみ椿落つ

とつぶやきました。

友人に話すと、句会へいらっしゃいと誘って下さり、学んでみようと山本健吉編の俳句歳時記の春・夏・秋・冬・新年の五冊を購入しました。平成二年の秋、大野林火（「濱」主宰）の許で薫陶を受けられた下田稔氏の句会に入れて頂き、数々の教えを得ることが出来ました。

「俳句は詩」「省略の文芸」「今在るからこそ詠えるものを季語への挨拶としてしっかり把握すること」「良い句とは物をいかに把んで心（詩）を写すかである」「リズムの中に物と思いがきっちり詠まれると佳し」「言葉はやさしく思いは深く」等々、作品を通して語って下さいました。常に「言葉はやさしく、沈めて沈めて……切り取りこそ佳かれ」と励ましを頂き、多くの俳句大会へ投句して参りました。俳句の三要素は「滑稽」「挨拶」「即興」であること、「細かく見て大きく表現」「深く大きく見て軽く表現」なども心に残る教えでした。

平成十年俳人協会会員に推された折、病床の師を訪ね相談しましたら「俳句を通して大らかに堂々と発展して欲しい」と励まして下さいました。その一年後先生は逝去され、私は、自分の句集出版は無いと固く思ってしまいました。下田先生を失った喪失感は深く、心に大きく穴が開いたようなものでした。その後紆余曲折を経て、平成二十二年十一月「輪の句会」に入れていただき、大輪靖宏先生に出会えました。

大輪先生の御指導は古典文学に根差しており、芭蕉を研究されての含蓄に富む鑑賞、文章は、俳句の基本、本質にゆるぎがありません。年に一度の合同句集『輪』も楽しみとなりました。この度句集出版を勧めて下さり、やっと一歩踏み出すことが出来ました。

句歴二十五年を振り返ると真に「遠き日」であり、この先を生きてゆくのも「遠き日」であると思い、句集名と致しました。

大輪先生には御多忙の中、作品を見て頂き序文をお願いしました。厚く御礼申し上げます。また「小熊座」の高野ムツオ先生には了承と励ましを頂き有難うございました。

顧みて生活面では、父亡き後三十年余一人で家を守り、次々と三人の子に先立たれながら全てを胸に納め、茶道を教え短歌を楽しみとして享年九十四歳の人生を全うした母のことが、心を離れることがありませんでした。俳句を学ぶこと、たのしむことを容認してくれる家族にも感謝して居ります。
長年に渡り、辛抱強く句集出版を勧めて下さいました「文學の森」の皆様に厚く御礼申し上げます。

平成二十八年　夏

志摩陽子

著者略歴

志摩陽子（しま・ようこ）

昭和16年　栃木県宇都宮市生れ
昭和20年　空襲を受け、父母の郷里長野県に移住
平成２年　「遠矢」創刊より入会、下田稔句会に出席
平成６年　「遠矢」同人
平成10年　俳人協会会員
平成13年　４月よりＮＨＫ学園俳句講座講師、
８月「遠矢」退会、「濱」入会、のち同人
平成22年　４月「濱」退会、11月「輪の句会」入会
平成23年　「円座」創刊に誘われ入会、30号にて退会
「小熊座」４月号より入会、のち同人

現住所　〒239-0829　神奈川県横須賀市若宮台3-2

句集　遠き日《とおきひ》

俳句作家選集　第4期第8巻

発　行　平成二十八年八月二十五日
著　者　志摩陽子
発行者　大山基利
発行所　株式会社　文學の森
〒一六九-〇〇七五
東京都新宿区高田馬場二-一-二　田島ビル八階
tel 03-5292-9188　fax 03-5292-9199
e-mail mori@bungak.com
ホームページ　http://www.bungak.com
印刷・製本　潮　貞男

ISBN978-4-86438-571-8　C0092